Caio estraga a festa

EDWARD T. WELCH
Organizador

JOE HOX
Ilustrador

Dados Internacionais de Catalogação na Publicação (CIP)
(eDOC BRASIL, Belo Horizonte/MG)

W439c Welch, Edward T., 1953-.
     Caio estraga a festa: quando você sentir inveja / Edward T. Welch; ilustrações Joe Hox; tradutora Meire Santos. – São José dos Campos, SP: Fiel, 2022.
     32 p. : il. – (Boas-novas para os coraçõezinhos)

     Título original: Caspian crashes the party
     ISBN 978-65-5723-210-1

     1. Crianças – Conduta – Aspectos religiosos. 2. Literatura infantojuvenil. I. Hox, Joe. II. Santos, Meire. III. Título. IV. Série.
     CDD 028.5

Elaborado por Maurício Amormino Júnior – CRB6/2422

Criação da história por Jocelyn Flenders, uma mãe que faz ensino domiciliar, escritora e editora que mora no subúrbio da Filadélfia. Formada no Lancaster Bible College, com experiência em estudos interculturais e aconselhamento, a série "Boas-novas para os coraçõezinhos" é sua primeira obra publicada para crianças.

Caio estraga a festa: quando você sentir inveja

Traduzido do original em inglês
Caspian crashes the party: when you are jealous

Copyright do texto © 2020 por Edward T. Welch
Copyright da ilustração © 2020 por New Growth Press

Publicado originalmente por
New Growth Press, Greensboro, NC 27404, USA

Copyright © 2021 Editora Fiel
Primeira edição em português: 2022

Todos os direitos em língua portuguesa reservados por Editora Fiel da Missão Evangélica Literária. Proibida a reprodução deste livro por quaisquer meios sem a permissão escrita dos editores, salvo em breves citações, com indicação da fonte.

Todas as citações bíblicas foram retiradas da Nova Versão Internacional (NVI), salvo quando necessário o uso de outras versões para uma melhor compreensão do texto, com indicação da versão.

Projeto de capa/interior e diagramação: Trish Mahoney, themahoney.com
Ilustrações internas/capa: Joe Hox, joehox.com
Diretor: Tiago Santos
Supervisor Editorial: Vinicius Musselman
Editora: Renata do Espírito Santo
Coordenação Editorial: Gisele Lemes
Tradução: Meire Santos
Revisão: Zípora Dias Vieira
Adaptação, Diagramação e Capa: Rubner Durais
Design e composição tipográfica da capa/interno: Trish Mahoney, thermahoney.com
Ilustrações da capa/interno: Joe Hox, joehox.com
ISBN (impresso): 978-65-5723-210-1
ISBN (eBook): 978-65-5723-209-5

Impresso em Setembro de 2024,
na Hawaii Gráfica e Editora

Caixa Postal 1601
CEP: 12230-971
São José dos Campos, SP
PABX: (12) 3919-9999
www.editorafiel.com.br

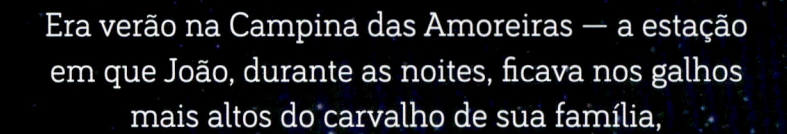

Era verão na Campina das Amoreiras — a estação em que João, durante as noites, ficava nos galhos mais altos do carvalho de sua família,

observando a imensidão do céu, repleto de estrelas, com seu telescópio.

A cada manhã, ele se lembrava das estrelas da noite anterior e as anotava em seu diário de estrelas.

Mamãe anunciou:
— É hora de começar a planejar a festa de aniversário da Joice. Vamos ver se conseguimos superar a festa do João preparando um musical! Joice e suas amigas podem ser as estrelas!

Caio deu uma olhada para João
e entregou a ele o papel que estava em seu bolso desde a igreja.

— Aqui — disse ele
— acho que você precisará
disso tanto quanto eu.

Ajudando seu filho a lidar com a inveja

Um benefício deste livro é que você pode falar sobre inveja com seus filhos quando eles não estiverem invejando nada no momento. Quando eles estiverem, não ouvirão bem, e os pais ficarão impacientes. Mas esse pode ser um tempo em que pais e filhos conversem sobre uma experiência comum a todos nós. E essa conversa é um presente: falar sobre algo com o qual todos nós temos dificuldade, e falar sobre isso mais cedo em vez de mais tarde, para que eles tenham maneiras sábias de tomar posições contra sua inveja em vez de alimentá-la. Ao conversar com seu filho, aqui estão verdades bíblicas para ter em mente sobre a inveja e sobre como lidar com ela.

1. **A inveja faz parte da família da ira.** A ira diz: "EU QUERO!". O desejo pode ser um chiclete, uma roupa diferente ou ir dormir mais tarde. A inveja acrescenta seu próprio toque. A inveja diz: "EU QUERO o que você tem! Eu mereço isso. Isso devia ser MEU!". Essa é uma forma particularmente perigosa de ira. Uma criança irada pode se jogar no chão em uma birra, mas uma criança invejosa pode se jogar em outra pessoa. A inveja deseja vingança. A Bíblia a coloca entre as formas mais severas de ira: "O rancor é cruel e a fúria é destruidora, mas quem consegue suportar a inveja?" (Pv 27.4). Ela é até mesmo incluída especificamente nos Dez Mandamentos. "Não cobiçarás a casa do teu próximo. Não cobiçarás a mulher do teu próximo, nem seus servos ou servas, nem seu boi ou jumento, nem coisa alguma que lhe pertença" (Ex 20.17).

2. **A inveja é perigosa.** No começo, ela parece até inocente. Nós queremos coisas e muitas delas são boas. Nós queremos ficar aquecidos quando está frio, queremos sobremesa após o jantar, um novo brinquedo, uma festa de aniversário divertida, atenção por parte daqueles que amamos — especificando apenas uns poucos desejos. O problema é que desejos normais podem crescer ao ponto de se tornarem desejos egoístas. Nós queremos MAIS, e então passamos por cima de qualquer um que atravessar o nosso caminho. Esse comportamento parece normal em animais selvagens, mas filhos de Deus são destinados a algo melhor. Aqueles que confiam em Jesus *podem* colocar limites em seus desejos, nós *podemos* tornar o amor mais importante do que as coisas, e nós *podemos* amar a Deus mais do que amamos qualquer outra coisa.

3. **A inveja tem estado presente desde o princípio da história.** Desde que o pecado foi desencadeado, levou pouco tempo para que a inveja levasse ao assassinato (Gn 4.1-8). Caim teve inveja, porque o Senhor aceitou o sacrifício do seu irmão, mas rejeitou o dele. Provavelmente Caim sabia o tipo de sacrifício que agradava ao Senhor, mas escolheu seu próprio método de sacrifício ao do Senhor. O resultado? Ele quis o que não era dele. Ele queria a aceitação que era do seu irmão. A inveja está no coração da tão conhecida história de José e seus irmãos. "Os patriarcas, tendo inveja de José, venderam-no como escravo para o Egito" (At 7.9). O orgulho dos seus irmãos não podia tolerar a ideia de que José teria uma posição mais importante

do que a deles, então eles se desfizeram dele (veja Gênesis 37.9-11). A inveja está por toda parte, e é séria.

4 **Comece com mais histórias.** Você tem a história de Caio. Consegue pensar em outras? Você pode pedir uma história ao seu filho, e pode também compartilhar uma da sua própria vida. E então leia ou conte novamente a história de Caim e Abel ou a história de José e seus irmãos. Quando você e seu filho puderem encontrar histórias de inveja, isso significa que estarão prontos para olhar para a inveja mais detalhadamente. Aqui vão apenas algumas perguntas para iniciar: Faça perguntas sobre as histórias ao seu filho. O que aconteceu? Por que ____ estava irado? O que ele/ela fez quando estava irado(a)? Como isso repercutiu?

5 **Considere o que a inveja diz sobre os nossos corações.** "Mas eu *quero isso*; eu mereço isso!" é uma defesa comum que a criança faz por inveja. Caio queria uma festa de aniversário que fosse melhor do que a do seu irmão, e sua própria festa, ele achava, não havia atingido esse alvo. Você talvez pense que isso o teria deixado triste. Mas Caio não estava triste; ele estava irado. Por que ele estava tão irado? Nós estamos irados ou invejamos quando nada é mais importante do que o que queremos. Nada. O irmão não é. Os pais não são. Deus não é. E se não podemos ter o que queremos, então não queremos que outras pessoas o tenham também. O problema é que queremos algo demais. Um bom nome para aqueles desejos egoístas é os "eu queros". Quando somos agarrados pelos "eu queros", agimos como assassinos (Tg 4.2). Inveja significa que há uma guerra dentro de nós. Nós sabemos que devemos amar outras pessoas, mas algumas vezes nós somente amamos a nós mesmos e não nos importamos com quão maus somos.

6 **Fale com Jesus sobre sua inveja.** Você se lembra de quando Caio orou: "Jesus, ajuda-me"? Foi então que ele começou a mudar. Parece ser um passo tão pequeno, mas é o mais importante e mais difícil, ou, pelo menos, o passo que mais frequentemente esquecemos. Quando pedimos ajuda, Jesus se agrada em nos ajudar. Sempre. A simples oração "Jesus, me ajude" pode ser suficiente no momento. Mais um passo? "Jesus, me perdoe por ser tão egoísta e não amar outros." Aqui está o importante quando conversarmos com Jesus: Quando você pedir a ele ajuda, ele dá. Ele nos dá do seu poder de tal maneira que podemos amar a Deus e aos outros. O apóstolo Paulo escreveu: "Tudo posso naquele que me fortalece" (Fp 4.13). Ensine seu filho a pedir da força de Jesus quando ele se sentir irado e invejoso. Se quiser dar mais um passo, você pode pensar sobre qual tipo de ajuda as crianças precisam. Por exemplo, crianças precisam de ajuda para ficarem tristes ao invés de iradas, precisam falar com os pais sobre sua inveja antes que machuquem outros, amar outros mais do que amam um brinquedo ou um presente, amar a Deus mais do que um brinquedo ou um presente, e ouvir o que Jesus diz.

7 **Ouça Jesus.** Caio pode não ter percebido isso, mas estava ouvindo Jesus quando pediu ajuda. E, tendo começado a ouvir, ele pôde ouvir muito mais. O que ele ouviu foi que Jesus deu a ele o melhor presente. Jesus o amava. Ele amava Caio quando este era amável e até quando invejava. A maioria das crianças sabe que um brinquedo ou a festa de outra pessoa pode parecer a coisa mais importante do mundo, mas amanhã será esquecido e o que importa é que seus pais as amam. O que importa mais ainda é que Jesus as ama. Pessoas sábias, tais como a pessoa que escreveu o Salmo 63, sabem dessa verdade: "O teu amor é melhor do que a vida" (Sl 63.3).

8 **Aprenda a ser contente.** Aqui está o segredo que o apóstolo Paulo aprendeu e ele quer que o aprendamos também (Fp 4.12). Paulo sabia que nós não precisamos de mais coisas para sermos contentes. Contente é como você deve se sentir logo depois de tomar um sorvete na casquinha. Mesmo se você vir outros amigos com sorvetes, você não precisa ter o sorvete deles para ser feliz. Você desfrutou seu sorvete e está satisfeito. Contente é como você deve se sentir quando os seus amigos recebem um enorme presente, que você também pode desejar, porém você está feliz por eles terem recebido. Como você obtém esse contentamento? Você está satisfeito porque recebeu o amor de Jesus com tudo o que pertence a ele. Ele o chama de amigo. Você está satisfeito porque ama Jesus, e ele é mais importante para você do que mais coisas. E você está satisfeito porque Jesus o ajudou a amar outras pessoas, e, quando você ama alguém, você quer o que é melhor para aquela pessoa. Todos nós aprendemos a ser contentes quando sabemos que somos perdoados e amados, quando amamos a Deus mais do que amamos qualquer outra coisa e quando amamos outros. Deus nos criou de tal modo que coisas nunca nos tornarão contentes. Elas somente nos farão querer mais coisas. Nós somos feitos para ser contentes quando descansamos nele.

Numa manhã, enquanto sua irmã Joice estava cantando e dançando no corredor, e Papai e Mamãe conversavam tomando chá de castanha, ele desceu as escadas correndo e entrou alvoroçado na cozinha.

Ele disse subitamente:
— Meu aniversário está chegando! Eu vi nas estrelas!

Papai respondeu:
— Certamente está! Faltam poucos dias!

João continuou:
— Nós precisamos começar a planejar *hoje*! Eu já tenho a lista de amigos. Eu quero convidar Diego, Henrique, Joel e...

Mamãe sorriu.
— Não passe o carro na frente dos bois, João! Espere que eu pegue um caderninho de anotações. Vou dar uma passadinha no Lago das Nozes de manhã para reservar o local — disse ela. — Esse lugar é perfeito, com pedalinhos, pavilhão e...

— Lago das Nozes não, Mamãe! — interrompeu João. — Foi lá que o Caio fez a festa dele. Eu quero ter a minha festa na Casa Orbital do Otávio!

— Casa Orbital do Otávio? O que é isso? — perguntou Mamãe.

— Diego foi para a festa do primo dele lá e foi totalmente incrível!

ÓRBITAS OTÁVIO

— Eles têm trampolins espaciais, trapézios e o pula-pula *mais alto* da cidade!
**Eu tenho que ir lá!
Por favor, por favor!**

Papai disse:
— Parece ser bombástico

Mamãe respondeu:
— Bem, acho que podemos tentar!

Naquele momento,
Caio entrou na cozinha e perguntou:
— Podemos tentar o quê?

— A Casa Orbital do Otávio!
A minha festa será lá!
— disse João.

Então, Joice entrou na cozinha dançando
com seus fones de ouvido, zumbindo e sapateando.
Ela cantarolou uma canção, girou ao redor e disse toda radiante:

— Bom dia a todos!

E *era* uma boa manhã.
Mas, às vezes, até boas manhãs
podem se tornar não tão boas.

Mais tarde, naquele dia, Mamãe passou na Loja de Festa da Senhorita Ouriço para comprar os enfeites.

Logo que ela retornou para casa, o planejamento começou.
Serpentinas de rabo de cometa enfeitavam a entrada da casa, os convites estavam todos prontos para serem enviados, e os docinhos moldados como pequenos foguetes enchiam as sacolas de lembrancinhas.

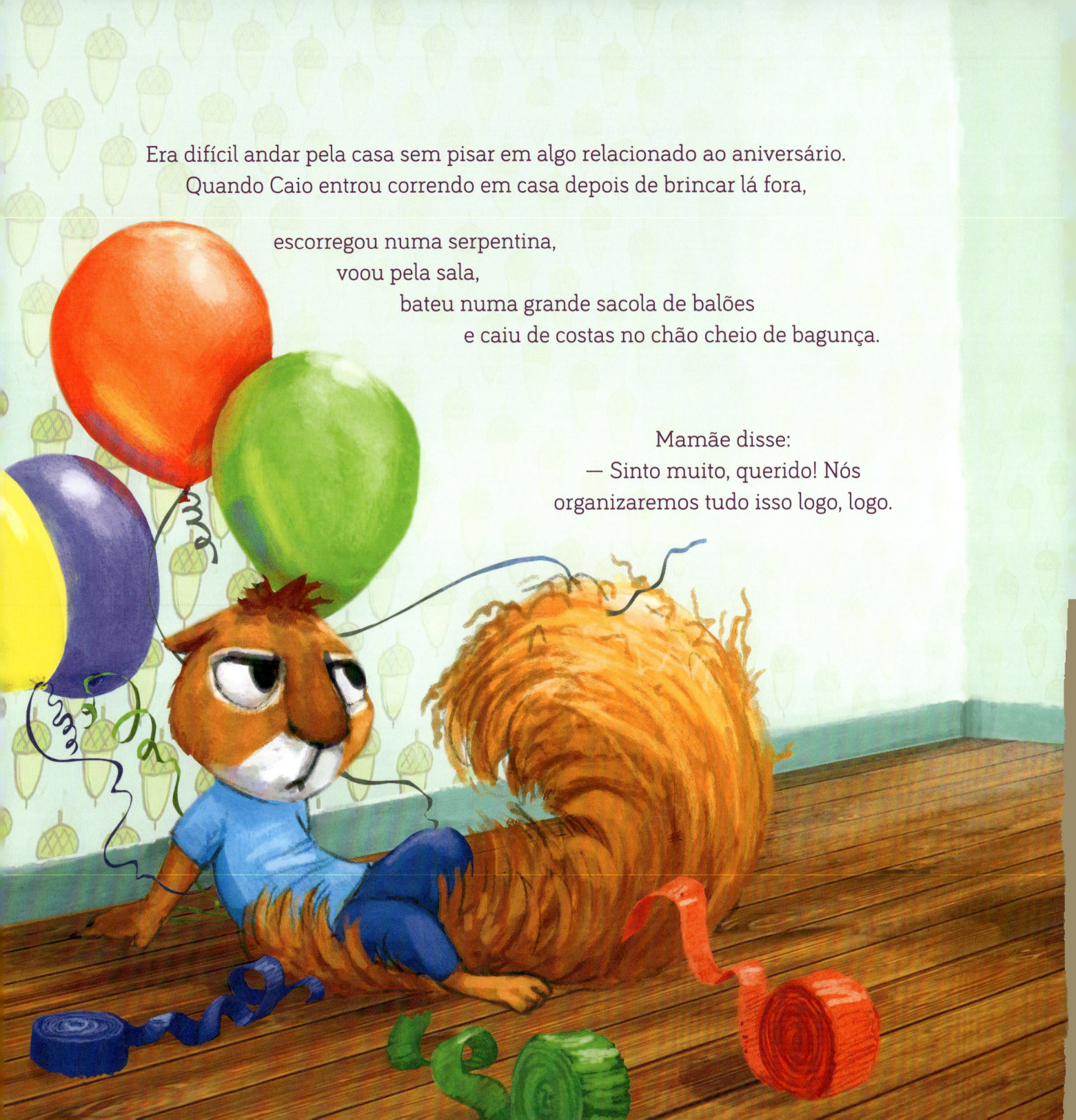

Era difícil andar pela casa sem pisar em algo relacionado ao aniversário. Quando Caio entrou correndo em casa depois de brincar lá fora,

escorregou numa serpentina,
voou pela sala,
bateu numa grande sacola de balões
e caiu de costas no chão cheio de bagunça.

Mamãe disse:
— Sinto muito, querido! Nós organizaremos tudo isso logo, logo.

Ele respondeu:
— Eu não me lembro de ter tanta coisa na *minha* festa — mas todos estavam tão atarefados que nem o ouviram.

Caio já estava cansado daquela bagunça de festa.

Logo o grande dia chegou, e a família esquilo
se reuniu na Casa Orbital do Otávio,
esperando pelos amigos de João.

Quando os amigos do João chegaram, Caio pensou:
Eu não tive tantos amigos assim na minha festa.

Rapidamente todos se juntaram ao redor de João e o seguiram como uma multidão, pulando do trapézio para o trampolim, do trampolim para o pula-pula. Mas, quando Caio tentou se juntar a eles, havia tantos amigos ao redor de João que ele não pôde se aproximar.

Papai parecia horrorizado quando viu Caio ao lado do pula-pula com a mangueira na mão. Com sua cauda trêmula, ele correu para perto de Caio e perguntou:
— Caio, o que houve?

Caio revirou os olhos, bateu os pés no chão e correu para casa.

Mais tarde, enquanto Caio chutava a bola pelo jardim,
Papai conversou com ele sobre o que havia acontecido.

— Sabe, Caio, Mamãe e eu amamos muito você.
Você também teve uma festa maravilhosa.
Não há razão para ficar com inveja de João.
Você precisa pedir desculpas ao seu irmão
por estragar o final da festa dele.

Mas Caio não queria ouvir.
Ele pensava consigo mesmo:
*Não há razão para a festa do João ter sido
maior e melhor do que a minha!*

Não vou pedir desculpas!

Caio então observou o bolo de aniversário
em forma de foguete sobre a mesa.
Ele tinha camadas de cobertura de galáxia e confeitos.

O bolo parecia estar pronto para decolar!
Ele pensou consigo mesmo:
*Meu bolo tinha apenas cobertura branca
com confeitos marrons.*

Então Papai trouxe a mais alta torre de presentes e os colocou na frente de João. Caio virou os olhos e pensou: *Eu não ganhei tantos presentes em minha festa.*

Quando a festa chegou ao fim,
Papai anunciou que todos podiam
voltar para o pula-pula pela última vez.
Todos correram para lá tão rápido
quanto podiam, inclusive Caio.

Mas quando ele chegou,
um dos astronautas da Casa Orbital anunciou:
— Sinto muito, apenas dez por vez.

E, com isso, Caio explodiu:

— Isso não é justo!
Eu sou irmão dele!

E correu furioso para
trás do pula-pula.

Foi então que Caio observou uma mangueira ligada à bomba de ar. Sem nem mesmo pensar, ele arrancou a mangueira do pula-pula.

Uma enorme rajada de ar saiu do brinquedo como de um balão de ar quente, quase derrubando Caio!

Todos gritaram e se apressaram enquanto o grande pula-pula murchava vagarosamente e caía ao chão da campina gramada.

Caio foi para cama naquela noite com suas costas viradas para João.

Por que eu devo conversar com ele? João sempre consegue tudo o que quer, e eu não consigo nada!

Na manhã seguinte, enquanto se preparavam para ir à igreja, Caio ainda não estava falando com ninguém.
Ele realmente não queria ir à igreja nem ouvir qualquer coisa sobre o que Deus e o Grande Livro tinham a dizer.

Na igreja, Caio quase não ouviu quando o pastor Pedro contou a história de Paulo, o apóstolo, que escreveu cartas quando estava preso. Isso não parecia muito interessante para Caio.

Mas quando o pastor Pedro disse que Paulo sabia o segredo de estar contente em qualquer situação, as orelhas do Caio se levantaram.

— Mesmo na prisão, Paulo podia dizer: "Eu aprendi a estar satisfeito com o que tenho" e "eu posso fazer todas as coisas por meio de Cristo, porque ele me dá força".

— Aquele era o segredo de Paulo — disse o pastor Pedro.
— Todos sabemos que é realmente difícil estarmos satisfeitos quando pensamos que alguém tem algo melhor.
E alguém sempre parece ter algo melhor.
Um carro melhor, um brinquedo melhor, um par de tênis melhor.

Ou uma festa de aniversário melhor.
Pensou Caio.

— Mas Deus nos fez de tal maneira que nunca ficaremos felizes apenas com coisas — continuou o pastor Pedro — Paulo sabia que Jesus o amava e isso lhe deu força, a força para estar satisfeito com o que ele tinha, mesmo se alguma outra pessoa tivesse algo melhor. O amor de Jesus é melhor do que qualquer outra coisa! O Grande Livro diz: "O teu amor é melhor do que a vida".

Caio se sentou quietinho — lembrando da mangueira, do pula-pula murchando e da triste expressão de João ao final da festa, quando todos os seus amigos haviam ido embora depressa. Então ele se lembrou das palavras que o Papai lhe havia dito no jardim. De repente, ele cansou de se sentir invejoso e irado.

Por favor, Jesus, me ajude. Caio orou silenciosamente.

Então ele encontrou um pedaço de papel e escreveu:

O teu amor é melhor do que a vida.

Agora Caio ouvia o que o pastor Pedro continuava a dizer:
— Todos os dias, lutamos contra a inveja. Nós queremos o que outra pessoa tem. Então nós temos uma escolha a fazer. Podemos lutar contra isso e correr até Deus para pedir ajuda, ou podemos nos agarrar a isso e nos tornar irados e amargos.

— Quando não nos voltamos a Deus para pedir ajuda, na maioria das vezes, fazemos ou dizemos coisas maldosas. Isso já aconteceu com algum de vocês?

O pastor Pedro olhou ao redor, e Caio sentia como se ele estivesse fitando seus olhos.

— Quando você estiver sentindo inveja a respeito do que alguém tem, lembre-se do segredo de Paulo para estar satisfeito e agradeça a Deus por seu melhor presente, Jesus, que desistiu de todas as coisas por nós. Jesus o ajudará a ser grato por tudo que você tiver, e também a ficar feliz com o outro quando ele receber boas coisas.

O amor de Deus nos ajuda a amar outros e a querer o melhor para eles.

Caio entendeu que estava querendo o melhor apenas para si mesmo,
não para João. Ele olhou ao lado, para o seu irmão,
que ainda parecia sonolento por causa da grande festa.
Ele entendeu que precisava correr para Deus e pedir ajuda.
— Por favor, me perdoe — orou ele — e me ajude a pedir perdão a João.

Depois que o culto terminou e eles se dirigiam para casa, Caio pegou o versículo em seu bolso de trás e o leu novamente. Então se voltou para João e disse:

— Sinto muito por ter estragado a sua festa. Eu não estava pensando direito. Você me perdoa?

João pensou por um momento.
— No começo eu estava triste, e pensei que essa seria a lembrança que todos teriam da minha festa — ele sorriu — mas, então, nós transformamos o pula-pula Destróier Estelar num saco de vento que chiava! Quando o primo do Diego ouviu aquilo, ficou congelado como um cristal lunar!
É claro que eu perdoo você.

— Bem, da próxima vez que o Destróier Estelar causar problemas na galáxia, vamos lutar contra ele juntos — respondeu Caio.

A família esquilo se reuniu à mesa de jantar
para a refeição favorita de nozes e mel.

Joice cantou suas canções prediletas,
enquanto João e Caio recontavam as expressões
nos rostos de todos quando o ar saiu do pula-pula.